LES EXILÉS

DU PARNASSE,

SATYRE,

Par M. DUCHOSAL, Avocat en Parlement.

Ainſi qu'en ſots Auteurs
Notre Siecle eſt fertíle en ſots Admirateurs.
BOILEAU, *Art Poétique, Chant I.*

A AMSTERDAM,

Et ſe trouve A PARIS,

Chez les Marchands de Nouveautés.

M. DCC. LXXXIII.

LES EXILÉS

DU PARNASSE.

PRÉFACE.

Vouloir à dix-neuf ans renverser les idoles littéraires, c'eſt peut-être paſſer les bornes de la témérité. Mais n'importe, je ne cherche pas le nombre des approbateurs; je n'ai eu d'autre intention que de venger le goût. Quand mes compatriotes ne rougiſſent pas d'encenſer les mauvais Ecrivains, je ne dois pas craindre d'attaquer des Dieux qu'ils réverent aveuglément, & qui ne font que des mortels très-vulgaires.

Un culte ſi nouveau ne peut durer toujours.
Des caprices de l'homme il a tiré ſon être;
On le verra périr, ainſi qu'on l'a vu naître.
VOLTAIRE, Henriade, Chant I.

INTERLOCUTEURS.

DAMON, enthousiaste.

L'AUTEUR.

LES EXILÉS
DU PARNASSE.

JE fais, pour me contraindre, un effort inutile,
Les défauts de mon siecle échauffent trop ma bile.
Tout choque mon esprit, tout offense mes yeux,
Je suis las de garder un silence honteux.
On laisse au vil clinquant un redoutable empire ;
Pour terminer son règne, il faut une Satyre.
Puisque le mauvais goût, encensé des mortels,
S'est fait, avec orgueil, ériger des autels,
Puisqu'enfin les François accordent leur suffrage
A l'Auteur criminel du plus honteux Ouvrage ,
Et que loin d'étouffer ce serpent corrupteur,
On ose le nourrir & de gloire & d'honneur ,
Je répandrai sur tout le fiel qui me consume ,
Et n'arrêterai plus les efforts de ma plume.
Que l'on approuve, ou non, l'audace de mes vers,
Que l'on me traite d'homme & jaloux & pervers,

Que chaque Auteur nommé contre moi se déchaîne,
Peu m'importe : les noms qu'aura cités ma haine,
Absorbés sous le joug de la sévérité,
Mourront peut-être enfin chez la postérité,
Et ces vers qu'aujourd'hui l'on vante avec emphâse,
Rougiront chez Bertin d'envelopper la gaze.

Qui trouble en ce moment mon paisible réduit?
Juste ciel! c'est Damon, ce fade bel esprit,
Que l'on voit, grasseyant dans un cercle de femmes,
Sans peine imaginer d'antiques Epigrammes.

D A M O N.

Bon jour donc notre ami..... Quel est cet air rêveur?
Allons, je n'aime pas cette mauvaise humeur...
Vîte, de la gaité ..... Si quelque catastrophe....
Ah! je vois maintenant, Monsieur est philosophe.

L' A U T E U R.

Arrête-là, Damon ; quel mot prononces-tu?
Use avec tes pareils d'un style rebattu.
Je vois, avec douleur, que ce titre estimable
Se prodigue aujourd'hui même au plus méprisable.
Tout homme qui n'est pas vil ou déshonoré,
De ce beau nom de sage est bientôt décoré.
Nos Modernes Platons sont esclaves du vice,
Et baisent en tremblant la main de l'injustice (1).

____

(1) Vers imité de la mort de Céfar, Tragédie de Voltaire.

Ils dépriment, chez eux, les Princes & les Grands
Dont ils font, chaque jour, les lâches Courtifans.
Un fophifte va-t-il careffer la foibleffe
De ces mêmes Seigneurs qu'il ravale fans ceffe ?
Vit-on jamais Rouffeau, d'un flatteur compliment
Bercer un Financier, qui n'étoit qu'opulent ?
Le fage doit montrer une mâle affurance,
Dire la vérité, même quand elle offenfe ;
Il ne hafarde pas un ridicule mot :
Qui ment, eft un infâme, & qui flatte, eft un fot.
Voyoit-on, en public, les anciens philofophes
Avec pompe étaler de nouvelles étoffes,
Affecter, en parlant, un difcours féminin,
Et vanter la pudeur d'une indigne catin.
Dans ces jardins publics où la fiere opulence
Promene mollement fon oifive indolence,
Voyoit-on Théophrafte (1) artiftement coëffé
Mandier les regards d'Alife ou d'Urife.
De ce nom maintenant ne fais donc plus ufage,
Pour fauver les déhors, l'homme en eft-il plus fage ?

---

(1) Théophrafte, c'eft-à-dire, homme dont le langage eft
divin. Ce fut le nom qu'Ariftote donna à Tyrtame, fils d'un
Foulon, & natif d'Erèfe, ville de Lesbos. Tyrtame fut d'a-
bord Difciple de Leucippe, enfuite de Platon, & delà il
devint celui d'Ariftote. Il écrivoit vers la CXV Olympiade,
314 ans avant l'ère chrétienne, & étoit un des plus grands
Philofophes de fon tems.

DAMON.

Ton difcours, cher ami, captive ma raifon.
Dis-moi, que traçois-tu fur ce mauvais chiffon?.....
Des vers, encor des vers!....

L' AUTEUR.

Qu'as-tu donc tant à rire?

DAMON.

Et quel eft ton ouvrage?.... Ah!.... C'eft une Satyre.
Parbleu! le genre eft neuf; tu pourras réuffir.
Quel démon t'a foufflé ce funefte defir.
Infenfé! quand Regnier (1), Defpréaux & Moliere
Ont fu ftérilifer cette vafte carriere;
Prétendrois-tu monter fur le trône épineux
Qu'occupoient en tremblant ces monarques fameux.
Que n'ont pas épuifé ces Ecrivains fublimes?
Ils n'ont à leurs neveux laiffé que des abîmes;
Et toi, qui vis à peine & le monde & fes mœurs,
Tu voudrois imiter ces illuftres rimeurs!
Va, va montrer ailleurs un Ecrit qui m'affomme:
Confulte tes amis, audacieux jeune homme,
Qui, follement jaloux d'un féducteur encens,
Habille en nouveau ftyle un Auteur du vieux tems.

L' AUTEUR.

Hola! Monfieur Damon, arrêtez, je vous prie:
Permettez un inftant que je me juftifie.

---

(1) Poëte fatyrique qui vivoit fous le regue de Louis XIII.

De nos Aliborons le cortege orgueilleux
Inonde tout Paris de Livres ennuyeux,
De vers, où la raifon fouffre autant que la rime,
Où l'on ne voit jamais cette chaleur fublime
Qui jadis infpiroit le tendre Colardeau,
Le naïf La Fontaine, & le brûlant Rouffeau.
On vante avec fureur un Ecrivain frivole,
Et du plat Vaudeville aujourd'hui l'on raffole.
Qu'avons-nous maintenant? De minces profateurs,
Même indignes du nom de verfificateurs.
Pour cueillir des lauriers dans la Littérature
Suffit-il d'alourder (1) l'inutile Mercure
D'une épître à l'ami que l'on n'a jamais vu,
Ou de quelque rondeau dès long-temps rebattu.
Pour un pinceau hardi voilà des traits propices.
Quel plaifir de fronder & l'homme & fes caprices,
De ridiculifer un folichon ambré,
Vulgairement connu fous le titre d'Abbé,
Promenant tout le jour fon ennui dans la ville,
Bon meuble de toilette, à l'Etat inutile,
Inutile à lui-même, importunant autrui,
Jamais préfomptueux, jamais fat à demi,
Ameutant chez Cloé, déjà fexagénaire,
Pour lui donner le ton, un effaim littéraire :

---

(1) Alourder, eft un vieux mot qui fe trouve dans les Sa-
tyres de Regnier. Il fignifie furcharger ; mais il eft beaucoup
plus expreffif.

De confondre en mes vers l'impertinent Damis
Qui fe croit, quoique blême, un nouvel Adonis,
Et paffe avec fierté devant chaque boutique,
En difant : *Regardez, que je fuis magnifique !*
De jouer, en un mot, ce Clerc de Procureur
Qui déferte Cujas, pour être un fot Rimeur.
Ce n'eft pas tout encor. Une troupe févère
Vient donner tous les jours fon avis au parterre,
Et là mille cenfeurs, pindarifant leurs mots,
Font jurer le mérite, & rire tous les fots.
C'eft à leur tribunal que l'on vieillit Moliere,
Qu'on dédaigne Racine, & qu'on vante L*** ;
Corneille eft dans leur bouche un vain déclamateur,
Qui fatigue l'oreille, & touche peu le cœur ;
Nivelle pleure trop, & Fagan eft trop fage :
Pyrrhus (1), à leur avis, eft un mauvais ouvrage,
Ch*** ofa l'écrire, on ofe l'imprimer :
C'eft en vain que Molé prétend le réprimer ;
On condamne à la fois le drame & la défenfe,
Et l'on ne rira pas de cette extravagance?
A ce petit conteur infpiré par l'ennui,
Sectateur de Cotin, plus méprifé que lui,
Que nourrit, en un mot, l'état de cabalifte,
Il fied bien de juger l'Auteur de Rhadamifte.

---

(1) Tragédie de Crébillon. La chûte de cette piéce, qui fut redonnée vers le mois de Février 1781, preuve combien le goût de la mauvaife Tragédie regne en France.

François, dites encor que ce siecle hébêté
Pourra faire ébahir notre postérité,
Quand ce siecle applaudit à la veuve éplorée,
Que son robuste amant dérobe à la fumée ;
Quand il trouve charmant un Bramine flatteur
Qui dans de fort durs vers vante un sexe enchanteur.
Des Ecrivains galants le nombre est-il si rare ?
D'où provient des François ce goût faux & bisarre ?
Pour leur plaire, faut-il réunir à la fois
Le talent de flatter les femmes & les Rois.

D A M O N.

Desire le succès de ce tragique aimable :
Vois tous nos Financiers l'inviter à leur table,
Mille présents divers lui former un trésor,
Et le Pérou chez lui rouler ses sables d'or (1).
Çesse de m'objecter que ce Poëte éphémere
A fasciné les yeux du crédule vulgaire.
Les théatres bourgeois retentissent encor
De ses illustres vers, que tu gloses si fort.
Aujourd'hui des Savants il augmente l'élite,
Et siege sur le trône où regne le mérite.

L'A u t e u r.

Qu'importe : ces mortels anoblis par Plutus
Sont-ils distributeurs des lauriers de Phébus ?

---

(1) Je crois que ce vers n'est pas de moi ; mais je ne me
rappelle pas où je l'ai vu.

De vils agioteurs l'imbécille fuffrage
Prouve-t-il qu'un Auteur a fait un bon ouvrage ?
Orgon fait calculer la valeur de fon bien,
Otez-lui fon argent, il ne connoît plus rien.
Crois-tu qu'un Finaucier, fouverain de la gloire,
Conduife un Ecrivain au temple de mémoire ?
Le Roi de l'Hélicon, pour difpenfer les rangs,
Vient-il dans les Palais quêter fes jugements ?
Non, non : tel eft fêté chez la grande Ducheffe,
Qu'on laiffe croaffer aux marais du Permeffe.
Apollon n'entend pas la voix des protecteurs ;
Il ne s'informe pas fi de lâches Auteurs
Vont dans un anti-chambre, avec un domeftique,
Pour plaire au vieux Marquis, traiter la politique,
Et fi, pour mériter le nom de Favori,
Ils attendent deux mois un *bon jour mon ami* (1).
Peux-tu bien me citer une bourgeoife fcène
Où l'on fait aboyer Thalie & Melpomène,
Où quelques étourneaux, fans goût & fans raifon,
Diftillent froidement leur tragique poifon,
Où Néron travefti joliment s'adonife,
Où Brutus dameret à dix boucles fe frife,

---

(1) Ce qui prouve que nos Gens de lettres ont peu de mérite, c'eft leur lâche affiduité auprès de certains Grands Seigneurs ou Parvenus, qui fe moquent d'eux quand ils font à la
toilete de leurs Belles.

Où l'on forme un bûcher avec des tabourets
Efcortés tout au plus de cinq ou fix cotrets ?
Cite donc un théatre où l'on métamorphofe
Les doux vers de Racine en dure & rauque profe,
Où Crébillon enfin, déchiré par lambeaux,
Semble des cordonniers rapprocher fes héros.
Un fquelette élégant qui fait à peine lire,
Bientôt veut débuter dans Mérope ou Zaïre :
Du pauvre Xipharès la blême majefté
Fait valoir les débris d'un organe affété,
Et ces mâles Romains, dont la ville intrépide,
Dans chaque citoyen poffédoit un Alcide,
Aujourd'hui transformés en damoifeaux charmants,
Sont des héros fans force, ou bien de froids amants.
De tels approbateurs le fougueux affemblage,
Au fommet d'Hélicon place-t-il un ouvrage,
Donne-t-il les brevets de l'immortalité,
Et dicte-t-il des loix à la poftérité ?
Ce ftérile Pradon , qu'aujourd'hui l'on ravale,
Avoit bien fu jadis enfanter fa cabale :
Vois comme maintenant on refpecte fon nom !
Pour dire un plat Auteur, on dit, c'eft un Pradon.
  Des Savants, me dis-tu , L**** accroît l'élite,
Et fiege fur le trône où regne le mérite !
Des Savants !... où font-ils ? Un Marquis imprudent
Qui vante fans rougir le drame larmoyant,
Qu'a-t-il fait pour orner le temple académique ?
Il a remis à neuf un livre didactique.

Ce L****, chéri du fexe féminin,
Nous a toujours parlé grec, arabe ou latin ;
Sur un ton ampoulé fa mufe hyperbolique
Vante *une femme belle autant qu'académique.*
Melpomène, par fois, de fon *poignard tranchant,*
Vient lui tailler fa plume, & fon crayon fanglant.
Les autres, ébahis de leur antique gloire,
Semblent mettre à leurs pieds l'orgueil d'une victoire,
Et prouvent lâchement qu'aujourd'hui le fauteuil
N'eft plus, pour les talents, qu'un funefte cercueil.
Le docte Cardinal, qui leur donna naiffance,
Au Louvre vouloit-il placer la nonchalance ?
Devroient-ils s'endormir dans les bras du repos,
Et changer leurs lauriers en de honteux pavots,
Eux faits pour gouverner l'empire littéraire,
Et laiffer quelquefois éclater le tonnerre
Contre ces Ecrivains dont l'art pernicieux
Introduit dans la France un ton licencieux ?

DAMON.

Quoi ! tu vas mettre au jour cette infâme fatyre,
Et tu peux, fans trembler, de tout ainfi médire !
Sais-tu que Defpréaux, plus fublime que toi,
Protégé par les Grands, & favori du Roi,
Souvent paya bien cher fa mordante critique ?
On achete toujours le nom de fatyrique :

Ecoute,

Ecoute, cher ami, je fais des nouveautés
Qui font chérir l'Auteur dans les sociétés ;
Il est fêté par-tout des Belles à la mode,
Sans cesse, pour lui plaire, on cherche une méthode.
Vois l'Auteur du Sa... (1) : ses aimables écrits
Ont fait assez long-temps raffoler tout Paris.
Voilà le sûr moyen de captiver la ville ;
Soupire, en t'amusant, un joli vaudeville.

L'AUTEUR.

Ne me le vantez pas, Damon, où taisez-vous.
Je fens à ce nom feul redoubler mon courroux ;
Je laisse à ce P*** le stérile avantage
De nous féminifer Dorneval & Le Sage (2),
Et de peindre dix fois, en fes vers mal profés,
Des amoureux plaintifs, des peres infenfés.
Ce n'est pas que ma mufe, injustement critique,
Dédaigne un vaudeville & mordant & caustique ;
Qu'un moderne Ecrivain fasse oublier Panard,
Qu'il démasque le vice, & le fronde avec art,

---

(1) Quand on fut entiérement las de *Janot*, on aima à la folie le Vaudeville. Les Français ne fe contentent pas d'une fottife.

(2) Fameux Vaudevéliftes. Ils ont fait un grand nombre d'Opéra Comiques, dont chaque Couplet est une Epigramme. C'est-là vraiment le genre du Vaudeville ; dès qu'il n'est pas fatyrique, il cesse d'être Vaudeville, & n'est plus qu'une Chanfon.

B

Aux corrupteurs du goût qu'il déclare la guerre,
Et donne à nos Seigneurs quelque avis falutaire,
Que ce foit en Chanfons, Romances, Madrigaux,
Ou Lais, ou Virelais, Vaudeville ou Rondeaux,
Peu m'importe: pourvu qu'intrépide Ariftarque
Il grave en ma mémoire une utile remarque.
J'aime un Auteur hardi qui me ménage peu,
Et de ma propre erreur excite en moi l'aveu :
Ses vers font un miroir où mon orgueil expire,
Et de moi-même enfin me contraignent à rire.
Mais un petit rimeur dont l'efprit amoureux
Me parle à chaque inftant fur un ton langoureux,
Et n'offre à mes regards qu'une voluptueufe
Nommée impudemment Meuniere ou Blanchiffeufe,
Loin de me corriger, rallume dans mes fens
Des defirs mal éteints, & toujours renaiffants.
Après de tels excès je craindrois de me plaindre !
Non, non, je rougirois d'avoir pu me contraindre.
Je fais que, fans raifon, du Louvre rejetté,
Je n'ornerai jamais le favant comité ;
Ce n'eft pas le féjour de tout être qui penfe :
Il faut avoir rampé fous la molle indulgence.
Quelle honte, ô François ! ces juges fi puiffants
Que la commune erreur couvre d'un fol encens,
Ne peuvent foutenir (tant leur doctrine eft pure)
Les regards foudroyants que lance la cenfure ;
Et vous, Littérateurs, qui vous croyez des Dieux,
Rougiffez en fongeant qu'un fcrupule odieux

Vous enleva jadis le célebre Moliere :
Rougiſſez encor plus d'avoir reçu L ****.
Eh ! quoi, de cette liſte où D **** le eſt inſcrit,
Le nom de Poquelin ſe trouvera proſcrit !
O préjugés ! d'où naît votre indigne puiſſance !
Qu'un mortel n'a-t-il donc étouffé votre enfance !
Je riois autrefois de vos abſurdités ;
Mais je ſens, malgré moi, mes eſprits irrités,
Quand je vois à quel point votre funeſte empire
Dans le cœur des humains fait naître le délire.
Vainement on m'oppoſe une fauſſe terreur,
Je ne puis contenir ma bilieuſe aigreur.
Que le bon goût renaiſſe, & commande à la France,
Je conſens de garder le plus humble ſilence.
Mais tant que ce P....s aura des partiſans,
Je ne compoſerai que des vers menaçans.
Duſſent tous ces rimeurs exilés du Parnaſſe,
De rage contre moi réveiller leur audace,
Et pour mieux ſe venger de mes efforts divers,
A force de rêver, produire de bons vers ;
Ma muſe, peu ſenſible à leurs foibles outrages,
N'en décrîra pas moins l'Auteur & ſes ouvrages.
Pour moi l'art de Régnier eut toujours des appas.
Voltaire, s'il vivoit, ne m'échapperoit pas.
De l'homme qui n'eſt plus, je reſpecte la cendre,
On peut parler des morts, mais c'eſt pour les défendre.

D A M O N.

N'as-tu donc pour briller que le moyen fatal
De nous cacher le bien , & dévoiler le mal ?
Cet Auteur du P.... ems que ta muse rejette ,
Toujours de Théagène embellit la toilette.
Tu blâmes tant le siecle & sa stérilité !
Vit-on jamais régner plus de fécondité ?
Affiches ou Journaux , Gazettes ou Mercure ,
Annoncent tous les jours quelqu'aimable brochure.
L'on voit même aujourd'hui le sexe féminin
S'illustrer sur les pas de l'heureux Poquelin.
Le jeune Pétrowitz vient orner notre plage ,
Un livre tout entier célebre son voyage.
Une auguste naissance a frappé l'univers ,
Phébus inspire tout , & chacun fait des vers....
Chacun est Philosophe , & chacun Politique ,
Chacun est Orateur , ou Poëte , ou Critique ;
Celui-ci Géometre , & l'autre Physicien....

L'A U T E U R.

Et le tout bien compté peut se réduire à rien.
Sans deux ou trois amans , guidés par l'espérance
De posséder un jour les appas de Clarence ,
Clarence n'eut jamais , en dépit d'Apollon ,
Chanté les agréments des prés ou d'un vallon ,
Et Zulmé , redoutant la course de Virgile ,
N'auroit pas célébré le courage d'Achille.

De ces abus, Damon, je ne fuis pas furpris :
Tant d'Auteurs ont chaffé le bon goût de Paris!
La fadaife domine en nos pieces nouvelles.
Delà fe font gliffés ces beaux efprits femelles ;
Dont le cerveau léger comme le papillon,
Saute de fleurs en fleurs aux bofquets d'Hélicon.
La Comteffe a produit le plus débile ouvrage ;
L'Abbé vient, on lui montre, il donne fon fuffrage :
Ces vers-là font charmans ; & plein de fon amour ,
Il court les enterrer dans la Feuille du jour.
Je blâme peu cet homme, à la noire jacquete,
D'exalter fans raifon une mufe indifcrete :
Un prochain bénéfice attend mon Orateur,
L'argent fait oublier qu'on peut être cenfeur.
Mais qu'un fot Chevalier, malgré le perfifflage,
Ofe encor nous montrer fon maudit bavardage,
Et que fans refpecter la France & le Héros,
Il célebre un grand Prince avec des jeux de mots,
Voilà ce qui me choque, ... & ce qui me fait rire ;
Car c'eft Aliboron qui pince de la lyre.
Mais il eft à Paris beaucoup de D**** ais,
Qui produifent toujours, & qu'on ne lit jamais.
Quand le Dauphin naquit, on les a vus paroître,
Ce jour, cher aux François nous les a faits connoître.
Ici.... mais épargnons ces malheureux rimeurs :
Ils ne méritent pas le courroux des cenfeurs.
Je ne fais pas contr'eux éclater le murmure,
Ils n'ont pas dégradé notre littérature.

Ce n'eſt qu'à ces F***** , ſans verve & ſans chaleur ;
Qui ſe donnent par-tout l'illuſtre nom d'Auteur ,
Et penſent qu'Apollon puiſſamment les inſpire ,
Quand ils ont adreſſé trois couplets à Thémire ;
Ce n'eſt qu'à tous ces nains , cités comme géans ,
Que je prétens lancer les traits les plus mordans.
Les Orateurs du jour ſont tous hyperboliques ,
Des gens tout déſœuvrés , voilà nos politiques :
La pareſſe a groſſi leurs flots tumultueux ,
L'Amiral ne fait pas la guerre auſſi bien qu'eux.
Là , Deſtaing eſt blamé d'avoir trop de courage ;
Ici Crillon paroît trop prudent & trop ſage.
Des vieillards ignorans qui n'ont vu que S. Cloud ,
Dirigent nos vaiſſeaux vers l'Ouſe ou le Pérou ,
Et confondant par fois Spitzberg & la Tamiſe ,
D'un Général fameux cenſurent l'entrepriſe.
Un Icare nouveau (1) , le plus fou des humains ,
Veut frayer aux mortels les céleſtes chemins ,
C'eſt une nouveauté dont il faut qu'on raffole :
L'encens fume aux autels de la nouvelle idole.
Les plus ſots aujourd'hui trouvent des partiſans
Qui leur dreſſent un temple & prodiguent l'encens.
Tant de honteux excès , dont on ne fait que rire ,
Légitiment aſſez l'aigreur de ma Satyre ,

---

(1) Je n'ai pas voulu m'étendre ſur l'article de M. Blanchard ,
attendu que j'ai été devancé par pluſieurs Critiques.

Et fans chercher trop loin la fin de mon difcours,
Que d'illuftres rimeurs paroiffent tous les jours,
Que P. de Favart mérite la couronne,
Que L., à Racine ofe ravir le trône,
Je confens de ferrer ma plume & mon pinceau,
Et pour jamais renonce au ftyle de Boileau.

F I N.